La tenebrosa vida de Joelin Faarru

Por David Days

La Tenebrosa Vida de
Joelin Faarru

-Era enero de 1994, un niño bonito y fuerte nació en Dublin. Su madre, Sheryl Milesley, lo llamó Nicolás, era travieso y curioso como todos los niños y sobretodo era extremádamente inteligente. Siempre soñó con venir a América y a los 16 años su madre le cumplió el sueño... pero algo pasó... el avión donde venían se estralló de baja altura, algunos sobrevivieron, pero la mayoría murió, Nico vió morir a su madre ese día. Corrió afuera del avión muy asustado, sabía que si lo atrapaban, lo deportarían y lo entregarían a servicios sociales porque su padre había muerto en la guerra dos años atrás- mi madre me miraba atenta mientras contaba mi historia.

-¿Por qué me cuentas esto?- decía mamá en cada pausa.

-Mamá, he conocido a Nico esta mañana en el parque, y me ha preguntado si se puede quedar aquí un tiempo- mi madre me miró y enseguida supe que no podría convencerla, asi que salí corriendo antes de que pudiera contestar. En el patio, entre unos arbustos se encotraba Nico esperándome.

-Te dijo que no, ¿cierto? lo sabía, mi mamá también era así- dijo Nico un poco frustrado.

-Hey, tengo una idea, puedes vivir en mi cuarto, te subiré comida y cuando suba mi mamá pues te escondes en el clóset, ¿qué tal?- a esto Nico asintió rápidamente.

-Luego de un tiempo tu mamá se dará cuenta de que no me siento y me dejará quedarme sin esconderme, asi fue como mi madre me dejó conservar a Sheamus.... oh no! Sheamus! venía con nosotros en el avión! debemos ir por él- Nico se veía preocupado, no podía dejarlo así, asi que entré a casa y justo mi madre salía a hacer las compras, llamé un taxi y junto con Nico fuí a buscar a Shamú o lo que sea. Al llegar al aeropuerto él se encondía para que los guardias no lo vean, todo estaba vuelto un caos, ya habían pasado 3 horas desde el accidente, buscamos sus maletas entre las pilas que estaban regadas por todo el aeropuerto, se puso una gorra y gafas y se volvió invisible para los guardias. Después de mucho buscar, un ladrido le pareció familiar, corrió hacia unas canastas de mascotas y me pidió que le abra la verde.

-¡Hey niña! ¿Qué haces? eso no es tuyo- me dijo uno de los guardias.

-No, es de un primo- Nico lo llamó a mi lado y el perro vino hacia mí. -¿Ve? oficial déjeme llevarlo a casa, debe de tener hambre. Mi primo se llama Nico, Nico Milesley, puede buscar y verá que es su perro Shatzu-

-Es Sheamus- me susurró Nico.

-Perdón, ¡Sheamus!- dije con sonrisa. El guardia me miró con ternura y nos dejó ir. Nico lo cargó fuera del aeropuerto, el perro se veía felíz de verlo.

-¡Sheamus, te extrañé!- decía Nico mientras el perro le lamía toda la cara.

-En realidad está bonito el perro, ¿qué es?-

-Pues es un perro- ese Nico, detesto su sentido

del humor.

-Ok, ¿pero que raza?-

-Ahhhhh! es una adaptación del Lobero Irlandés, como verás es mas pequeño que el lobero normal, pero es igual un perro de cacería, era de mi papá, lo acompañaba a la guerra, él fue quien nos aviso que papá había muerto, nos trajó su casco y su placa y estaba llorando, lo entendímos de inmediato. Mi ciudad lo condecoró por su valentía, mató a 6 soldados enemigos y ayudo a los técnicos de emergencias a encontrar 12 heridos, es como un veterano de guerra..... pero es un perro- decía Nico mientras acariciaba a su perro, aveces me sorprendía lo tranquilo que hablaba de la muerte de su padre, casi como si no le importara.

Llegamos a casa y Nico me suplicó que le dejara entrar a Sharlie, pero no era tan fácil esconder un perro, aunque él me aseguró que él lo hizo por 5 meses y Shitzu se portó muy bien.

-Ven Shonkie, ven entra-

-SHEAMUS! se llama Sheamus! no es tan complicado-

-¡¿Qué clase de nombre es Sheamus?!- pude ver en cuanto lo dije que Nico se sintió ofendido.

-Mi primo Sheamus, vino a este país siendo nadie y fue venerado como un guerrero celta, mi padre le puso así porque vió su alma de guerrero, pero si no me crees, viene del irlandés Séamus, que significa Jacob, asi que sí es un nombre!-

-Lo siento Nico, no quise...- escuché seguido la alarma del carro de mi papá, él siempre me ha apoyado en mis fechorías, le pediré que me ayude con Sha.... Sheamus.

-Cariño, ¿qué te pasa? ¿qué haces detrás de la puerta?-

-Tengo un problema, un amigo me pidió que cuide a su perro, pero mamá no puede enterarse, porque lo echaría a la calle-

-Puedes contar conmigo preciosa, y... ¿qué

amigo es este? nunca nos habías presentado un amigo-

-Oh, se llama Nico, y es super genial, lo he conocido en el parque- dije dándole un fuerte abrazo a mi papá.

-Si lo dices te creo mi amor, te ayudaré con tu madre, pero tu amigo debe alimentarlo-

-¡Claro papá!- grité mientras corría a mi habitación.

-Tu padre me recuerda mucho al mío, él era mi mejor amigo, recuerdo que mi mamá siempre le decía "Deja de complacerlo en todo, no se va a ir" tan graciosa, ¿a dónde iría?- esa noche cené en mi cuarto, les dí mi cena a Nico y Sheamus, parecían hambrientos, pero Nico pasó y se la dió toda a Sheamus que se la comió con ganas. Esa noche no pude dormir bien, escuchaba ruidos de avión, como si estuviera despegando, escuchaba gritos, plegarias, veía personas desesperadas y llorando. Al despertar ví a Nico sentado en la ventana, Sheamus era el único que dormía como un tronco.

-Joelin, ¿por qué no duermes?- dijo Nico sin dejar de mirar afuera.

-Estoy teniendo pesadillas, ¿y tu?-

-No tengo sueño y ya-

-¿Cómo no? si te has pasado estos días huyendo, debes estar exhausto-

-Si supieras que no, no me siento cansado, aburrido más que nada...¿y qué tal si salimos a jugar? la luna está preciosa-

-Nico tengo sueño, además mañana tengo que ir al colegio, si quieres puedes acompañarme, diremos que eres un estudiante de intercambio extranjero, ya verás, será divertido, aunque si tienes mi suerte, nadie sabrá que estás ahí- Nico se bajó de la ventana y acarició mi mejilla.

-Ahora te notarán, me encargaré de que todos sepan que eres la mejor amiga que cualquiera quisiera tener, pero por ahora duerme, yo cuidaré tu sueño- yo sonreí y caí redonda y mis pesadillas cesaron esa noche. A la mañana siguiente me preparaba para ir a la escuela, Nico había guardado algunas ropas en su mochila, cuando fuimos al aeropuerto, o eso imagino, porque entró al baño y salió con un cambio diferente de ropa. Entré al auto y Nico entró agachado detrás de mí para que mi mamá no lo viera. Al llegar a la escuela nadie me notó, como de costumbre, y mucho menos a Nico, fuí a mi casillero, tomé mis libros y Nico puso su mochila adentro, corrimos a clase y al entrar el profe me miró raro, imagino que era por Nico, asi que pedí excusas y me senté. A la hora del almuerzo Nico no tenía hambre, asi que se ofreció a llevarme la bandeja, hubo un silencio total y todos los ojos estaban sobre mí mientras caminabamos hacia la mesa. Se sintió raro, me siguieron con la mirada hasta que nos sentamos, cuando me devolvió la bandeja, se detuvo el silencio y empezaron los murmullos, pero todos volvieron a sus asuntos. Acostumbro salir al patio con los niños pequeños a jugar con ellos.

-Joelin ¿quién es tu amigo?- me dijo un niñito afuera.
-Se llama Nico, es de Irlanda, eso está muy

muy lejos de aquí- los niños lo miraban asombrados como si fuera de otro planeta, él se veía un poco incómodo y avergonzado.

-Joelin, mejor te espero adentro, ¿si?- Nico corrió hacia adentro y los niños se extrañaron.

-¿Por qué se va tu amigo? ¿No hay niños pequeños como nosotros en Irlandia?-

-No es eso, es que está cansado, y viene de Ir-lan-da, no de Irlandia-

-¡Irlanda! ¡Irlanda! ¡Irlanda!- gritaban los niños, luego se rieron y jugamos hasta que se acabó el descanso. Fuí a clases y Nico no estaba ahí, me salté la siguiente hora para ir a buscarlo. Recorrí todos los corredores, entré a todos los baños, revisé hasta los vestidores y no lo encontré, entonces vino a mí una imagen de la ciudad desde un lugar alto, y recordé a Nico sentado en mi ventana......el techo. Subí al techo y allí estaba, en el borde, mirando al vacío.

-¡Nico!- Nico volteó y se bajó del borde, me miró decepcionado y, francamente, un poco incómodo.

-Joelin, creo que la escuela aquí no es para mí, creo que mientas estás en la escuela, yo iré a una biblioteca a aprender solo, nos veremos cuando salgas-

-Ok... una cosa ¿cómo llegaste aquí arriba?-

-No sé, sé que quería estar en un lugar tranquilo y cuando me vine a dar cuenta estaba aquí, sentado mirando a la ciudad- me pareció extraño pero no le di importancia. Nico me acompañó al resto de mis clases y regresó conmigo a casa.

-Joelin, ¿quieres pasarme mi libreta de la mochila? necesito hacer una llamada-

-Claro...un momento...¿cuándo cogiste tu mochila?!-

-Cierto, la había dejado en tu casillero, hmmm no sé, ya la traía puesta cuando nos fuimos... ¿qué raro, no?-

La realidad es que muchas cosas raras habían pasado desde que conocí a Nico en ese parque, lo que no sabía era que lo raro acababa de empezar. Esa noche intenté dormir, y una vez mas, no pude, me desperté para ver a Nico sentado en la ventana observando la luna otra vez.

-Que bueno que despertaste, ¿escuchas eso?- no oía absolutamente nada.

-Nico, ¿qué se supone que escuche?-

-¡Shhhh! oye bien- se escuchó un leve susurro que venía desde afuera, me acerqué a la ventana y escuché con atención.

-Joelin...- se escuchó muy bajo afuera de mi ventana, el susurro llamaba mi nombre, despertamos a Sheamus y salimos en puntitas para no despertar a mis padres.

Seguimos la voz hasta el parque donde conocí a Nico, había una señora sentada muy triste, Nico se acercó y la señora levantó la mirada, sus ojos eran blancos como la leche, sangraba por la naríz, la boca y los ojos, no tenía dientes, pero me sonrió.

-Joelin, ¿eres tú?-

-Sí, pero lo siento, no la conozco-

-Lo sé, pero tú eres famosa, necesito tu ayuda,

quieren asesinarme, me llamo Caz, soy una bruja, de las pocas que quedan, la policía me está buscando y quiero que me escondas-

-¡¿Qué? ¿y si usted me come? yo soy una niña, no!- corrí, pero eso solo la enfureció y su voz se puso gruesa.

-¡Vuelve aquí!-

-¡DEJA A JOELIN EN PAZ!- dijo Nico mientras crecía, fue muy extraño, la bruja se distrajo y Sheamus le arrancó una mano, Nico peleó con ella y quedó super aturdida, la arrastró hacia la comisaría y nos fuimos a casa. Me senté a mirarlo mirarse en el espejo.

-Nico ¿qué fue eso?-

-No lo sé, no sé qué está pasando, ¿Cómo hice eso? no tiene sentido, recuerdo que sentí que tenía que protegerte y derepente me sentí lleno de fuerza-

-Nico, mañana iremos a ver a un médico-

Al día siguiente salía para la escuela, él no quería que fuera, quería que le acompañara al médico, pero no podía. Estabamos discutiendo fuera de la casa y mi madre salió.

-Mi cielo ¿con quién hablas?-

-¿Qué no ves?- dije como si fuera obvio.

-Lo siento, pero no veo a nadie- mi madre no bromea así, se alegraría de saber que tengo un amigo, Nico y yo nos miramos y él corrió hacia ella.

-¡Señora Faarru, estoy aquí, míreme!- mi mamá siguió de largo como si Nico no estuviera ahí. -No me ve Joelin.....tu mamá no me ve- tomé a Nico de la mano y nos escondimos en los arbustos.

-Nico ¿qué pasó cuando se estrelló el avión?-

-Nada, intenté despertar a mi mamá y ví que estaba muerta, asi que salí corriendo-

-Y nadie te vió.....huh....Nico! ¡estás muerto!, por eso mis padres no te ven, y nunca duermes y puedes ir a los sitios con solo pensarlo-

-Pero los niños de tu escuela....y Sheamus! ellos me ven-

-Mi mamá me ha dicho que los animales y los niños pequeñitos puedes ver a los

espíritus...Increíble! tengo un amigo fantasma!-
Nico se asustó y desapareció.

Fuí a la escuela todo el día y no lo ví, volví a mi
casa, lo esperé un rato en el pórtico, pero no
apareció, entonces subí a mi habitación e
intenté ¨invocarlo¨...... puse sonidos del mar y
eso, prendí velas y las coloqué en círculos,
crucé las piernas y me concentré, en las
películas pasa todo el tiempo, y siempre
funciona, pasé una hora sentada allí sin decir
nada, es el mayor tiempo que he estado
totalmente en silencio, pero nada pasaba,
luego intenté llamarlo un par de veces, pero no
sabía como funcionaba, él simplemente no
estaba ahí, yo sabía que estaba triste, pero me
sentí horrible, porque sentía que era mi culpa,
que se había ido porque me emocioné de tener
un amigo fantasma. Luego de un rato me rendí,
estaba cansada y tantas velas me estaban
dando calor. Apagué las velas y el radio y me
acosté en mi cama a extrañarlo, a extrañar sus
bellos ojos, su brillante cabellera roja, sus

elocuentes frases, su forma de burlarse cuando algo le parecía tierno para no sentirse incómodo...

-Fue el ritual mas estúpido y cursi que he visto- escuché esa voz y esperanzada me volteé, pero no ví nada, tal vez estaba todo en mi cabeza. Saqué a pasear a Sheamus y él estaba ladrando extraño, se veía deprimido cuando parabamos a descansar.¿Realmente se habrá ido? ¿Realmente nos habrá abandonado? Bueno, ni tanto nos conocíamos, pero... Sheamus! el perro de su padre, a él no lo dejaría. Tomé a Sheamus entre mis brazos e intenté algo que ví una vez en una película, me paré con él en medio de la calle, justo ahí venía un carro, pero antes de que me aplastara Nico me empujó.

-¡Nico, aquí estás! me tenías preocupada- Nico se veía molesto, pero preocupado.

-¡¿Cómo me haces esto?! yo sé que soy irresistible, pero no para matarte, y si te vas a matar, ¡¿Por qué con mi perro?!- le pasé la correa y me fuí.

-Lo siento, toma tu perro, no vuelvo a preocuparme-

Seguí sin mirar atrás, llegué a mi casa, hice mis tareas, cené, me acosté, todo estaba tan quieto sin ellos. Desperté con pesadillas a media noche, miré a la ventana, pero él no estaba allí. LLoré. Escuché una voz en mi ventana ¨¿Por qué lo escondes?¨ me decía, recordé la otra noche en el parque y abrí la ventana, volví a escucharlo asi que tomé mi abrigo y salí afuera, seguí la voz hasta un callejón.

-¿Por qué escondo qué?-

-A Nicolás- un señor salió flotando de entre unos basureros y me asusté, intenté correr, pero algo me mantenía quieta, intenté gritar, pero sentía como si me estrangularan. Perdí las ganas de luchar y ví como todo se ponía negro... Desperté de golpe, ¿había sido todo un sueño? No creo, sentía el dolor en el cuello, miré a la ventana y allí estaba como siempre, yo estaba tan felíz.

-Hola Nico- Nico se bajó del marco de mi ventana y se arrodilló junto a mi cama.

-Tú me ayudaste cuando te necesitaba, ya estamos a mano, por favor, NO salgas de noche, es peligroso-

-Me estaban llamando-

-Pues vuelves a dormirte-

-Sabes que últimamente no es tan fácil... Nico, ese hombre me atacó porque creía que te estaba escondiendo...¿qué está pasando?- Nico puso su mano sobre mi hombro.

-A Sheamus le alegra que estés bien- y con ese comentario desapareció. Sabía que debía buscarlo, pero eso sería trabajo para mañana. Amaneció y era el día mas fresco y soleado que había tenido en meses, la temperatura estaba perfecta, Sheamus se veía alegre... un momento... yo le entregué a Sheamus ayer, eso significa...

-Nico, ¿estás ahí?-

-No, ya estoy de salida, solo quería terminar el trabajo cuidando tu sueño, pero ahora sí me voy- Nico desapareció y sentí como la paz que reinaba en mi cuerpo se iba, me volvió a dar calor, los carros se volvieron mas ruidosos, un dia perfecto para ir a la escuela. Creí que mi emocionante vida acababa de comenzar y no estaba lista para despedirme de ella, asi que me decidí a hacer un nuevo amigo cuando llegara a la ecuela, lo que no sabía es que eso era justo lo que debía hacer.

-Chicos y chicas denle la bienvenida al nuevo estudiante de intercambio, Zac Trail, él nos acompañará este año-
-Bienvenido Zac, me llamo Joelin, espero que seamos amigos- le dije acercándome a su asiento.
-¿Amigos? ummm claro, eso creo-

Era tan tímido, se veía tan tierno, y no hablaba con nadie, asi que me senté a su lado y hablamos todo el laboratorio. Ya se veía un poco mas cómodo, pero solo conmigo, en cuanto llegaba alguien mas a hablarle se callaba automáticamente. A la hora del almuerzo pasó lo más extraño, le ofrecí que se sentara conmigo, ya que siempre me sentaba sola, pero cuando se sentó su mano se resbaló y su comida se cayó, le explicó a la señora de la cafetería y le sirvieron denuevo, pero al sentarse la comida se le cayó encima... le volvieron a servir pero se sentó dos mesas lejos de mí, fue raro, pero no me importaba, tenía un amigo nuevo, vivo y normal. Invité a Zac a dormir a casa y nuestros padres accedieron. Después de jugar, reír y ver películas, había llegado la hora de dormir. Zac se echó como un tronco, pero yo no podía dormir, asi que lo desperté.

-Zac no puedo dormir- dije un poco avergonzada.
-No te preocupes, mi mamá siempre que yo no podía dormir me dejaba dormir con ella y me sentía mejor- él es tan tierno, trepó a mi cama, pero al subirse se caía, es el niño más torpe que he conocido, en fin no pudo subir a mi cama asi que yo bajé a su colchón inflable.

Milagrosamente me sentí mejor y lo aproveché, porque él no estaría ahí para siempre. A la mañana siguiente el colchón se había desinflado lo suficiente como para que Zac estuviera durmiendo en el suelo y yo en lo que quedaba de aire, ufff qué bueno ser la más liviana de los dos. Zac llegó a clases con un horrible dolor de espalda, tuvo que ir a la enfermería y todo. Como hoy era su segundo día de clases decidí presentarle a mis pequeños amiguitos, los de primaria. Al llegar al patio de primaria Zac se sintió extraño.

-Joelin, no creo que sea una buena idea, mejor te espero adentro, ¿sí?- un niño se acercó y tomó su mano, se lo llevó a los juegos, al sube y baja, al anillo, a la piscina de lodo, se estaba divirtiendo muchísimo. Los niños lo amaron y él los amó a ellos. Sonó el timbre y los satisfechos niños volvieron a clase, Zac se veía decepcionado.
-¿Te divertiste?- dije mientras lo miraba de arriba a abajo.

-Sí, fue genial! y más con el día que he tenido, ahora ¿dónde puedo ducharme?-

-Bueno, te lo iba a decir, pero te divertías demasiado, no hay donde ducharte ahora mismo porque el gimnasio está cerrado y allá están las duchas- Zac miró su ropa, y se sacudió un poco.

-Valió la pena, no hay problema-

-Sí, es raro que se dañen las duchas justo hoy-

Corrímos a la clase riendo, Zac es un buen muchacho, justo antes de entrar al curso, aunque caminabamos juntos, Zac se cayó y abrió la puerta con su cara, el profesor se molestó porque le interrumpió su clase y lo puso de castigo. Mientras lo regañaban yo entré y me senté sin que se diera cuenta, super conveniente. Cuando se acabó la clase fuí a buscar a Zac al salón de castigo.

-Me alegra que por lo menos solo atraparan a uno- dijo Zac tomando su mochila.

-Awww Zac, eres tan tierno- justo cuando dije

tierno se le abrió la mochila y se le cayó todo al suelo, lo ayudé a recogerlo y fuimos a la siguiente clase. Al salir, Zac me acompañó a casa.

-Hoy he tenido un poco de mala suerte-

-¿Un poco? yo diría que un montón, acabaste golpeado... sucio... oh, y castigado- mientras le decía esto él me miraba raro, creo que sé por donde venía todo.

-Nos conocemos hace dos días solamente, pero parece que fuera de hace mil años, eres mi mejor amiga, la mejor amiga que cualquiera quisiera tener- algo en esa frase me sonaba conocido, él se acercaba para darme un beso en la mejilla y en ese momento lo recordé....Milesley!. Me volteé para hablarle de él y por error me besó en los labios. Al ver lo que había hecho, él se me quedó mirando y se puso todo rojo, yo no sabía qué decir, asi que no dije nada, él se sintió incómodo y lentamente se dió la vuelta y se fue, cuando bajó las escaleras de mi pórtico, ví como se sacudieron los arbustos...Milesley...

-¡Zac! ¡Cuidado!- ví como un carro, de la misma nada, apareció y casi lo arrolla, pero corrí hacia él y el carro fue frenando, lo chocó, pero no tan fuerte, que curioso que el carro no tenía conductor... ni placa... y desapareció metros después, un carro... fantasma, diría yo.

-Joelin, llama a una ambulancia- decía Zac adolorido, la llamé y lo acompañé al médico.

-Zac, lo siento, todo esto es mi culpa-

-Claro que no, es mía, no te pongas así-

-Tú no entiendes, mi vida es extraña, no sé si debería contarte, pero yo no soy como tú crees- dije un poco nerviosa y sin poder mirarlo al rostro.

-Si lo dices por lo que pasó antes del accide.... AHHH!!!- no pudo terminar la frase cuando le entró una fuerte migraña, y entonces lo ví, Nico le estaba apretando la cabeza y le daba con el codo.

-¡Nico! ¡déjalo ya! ¿qué te pasa?- Nico lo soltó y se sorprendió de que lo viera.

-Joelin, ¿con quién hablas? ¿por qué bajó mi

dolor cuando gritaste? Awww ves, tú eres la mejor medicina- Nico enfureció al oirlo decir esto y empezó a picarle los costados, esto mas el dolor del choque hizo que Zac se desmayara.

-Debí desconcentrarme, no se supone que me veas- decía Nico preocupado, quitándole importancia a todo lo que había pasado. Yo lo miraba con cara de ¨sé que tramas¨.

-Así que fue coincidencia que cada vez que Zac hacía algo lindo por mí le pasaba algo malo, y cuando me besó lo atropelló un carro fantasma, ¿eh?-

-No es lo que crees, ese muchacho es malo- dijo avergonzado, pero seguro. Yo continué mirándolo con esa cara y me recosté de la pared de la ambulancia.

-Claaaaro, a ver ¿y por qué? cuéntame que trama ese monstruo inconciente-

-No puedo decirte, no puedo ponerte más en peligro-

-Olvídalo, Zac es un buen muchacho, y a diferencia de otros él sí quiere ser mi amigo-

Nico se enojó y volvió a desaparecer.

Llegamos al hospital y le sacaron unos Rayos X a Zac, por suerte solo se desencajó la pierna, no se había roto nada, pero le pusieron un yeso de todos modos. Me sentí culpable por todo lo que le había pasado a Zac, no sé si debería decirle de Nico, él dijo que era peligroso y nunca me ha mentido, me pregunto si se fue realmente, aveces pienso que sería mejor si tuviera alguna seguridad de donde está. Volví a mi casa luego de dejar a Zac en la suya y al subir las escaleras escuché un ladrido, corrí hacia mi cuarto y no ví nada, tenía la ligera esperanza de que fuera Sheamus. Mi cama empezó a moverse, miré por debajo de ella y allí estaba Sheamus moviendo su colita, salió de ahí y tomó su correa y me miró, él quería pasear. Se estaba poniendo oscuro y Sheamus y yo estabamos en el parque, se iba yendo la gente y solo quedábamos nosotros. Cuando Sheamus se cansó de jugar y correr nos dirigimos a casa, en el camino noté a un señor encapuchado, lo había visto como mirándonos en el parque y ahora nos sigue, hmmm, tal vez me conoce y no sabe de donde, quise voltearme a hablar con él pero Sheamus me halaba con todas sus fuerzas. Sheamus en un momento se cansó y yo pude voltearme.

-Señor, buenas noches- Sheamus me escuchó y sacó fuerzas y siguió tirando.

-Buenas noches... Joelin- ahhh pues sí me conoce.

-Disculpe señor, mi perro quiere llegar a casa, ¿de dónde lo conozco?- el señor se rió y aceleró el paso.

-Ese no es tu perro, pero está bien, te perdonaré que me hayas mentido si respondes mi pregunta-

-Claro, pregunte- dije parando a Sheamus. El señor se quitó la capucha y era el mismo tipo del otro día solo que ahora tenía una cicatriz en la cara, Sheamus comenzó a gruñirle y yo caminé de espaldas lentamente lejos de él.

-¿Por qué escondes a Milesley? él debe venir conmigo- lo miré extrañada, podía huir, pero era mas grande mi curiosidad.

-¿A qué se refiere? Nico es un buen muchacho, está un poco loco, pero no es para llevárselo-

Al señor le brillaron los ojos de rojo carmesí y me asusté, oí gruñir a Sheamus y comencé a sentirme cansada, sentí que Sheamus me cargó en su lomo y corría, pero lo próximo que supe es que estaba en mi cama, era tarde en la noche, no me sentía bien, escuchaba los tranquilos gemidos de Sheamus y miré hacia la ventana, ví una silueta y ahí quedé dormida. Al despertar era ya de tarde, me había perdido la escuela, mi cuarto estaba hecho un desastre, Sheamus estaba dormido a mis pies, pensba que había sido él tratando de entrarme a mi casa, así que no lo regañé. Bajé las escaleras y mi casa estaba patas arriba, fuí a la cocina y mi madre estaba asustada en una esquina mientras un cuchillo volaba hacia ella, al verme me gritó.

-¡Joelin, corre!-

-¡Ya basta!- grité y Nico apareció sosteniendo el cuchillo, lo soltó y cayó en frente de mi madre.

-Joelin ¿qué está pasando aquí? ¡pensé que estabas muerta! ví todo en tu habitación dando vueltas, y cuando quise entrar a despertarte todo se paró y cayó al suelo y los libros empezaron a volar hacia mí y corrí, pero me siguieron, fuí a la cocina y todo estaba en calma, lentamente se abrió una gaveta y salió un cuchillo y se dirigió lentamente hacia mí, lo que fuera quería protegerte, corrí pero me acorraló en la esquina y se fue acercando, entonces llegaste tú y se detuvo...asi que ¿qué está pasando?- Nico me miraba apenado y me suplicaba que no le contara a mi madre.

-Nada mamá, no te reocupes, deberías dormir- mi madre me miró extrañada y un poco molesta, pero se fue a su habitación.

-Gracias Joelin, estuvo cerca- dijo Nico poniendo en cuchillo denuevo en su sitio.

-No, dime Nico ¿qué pretendes? ibas a matar a mi madre... ¡era mi madre! no tienes que protegerme de ella, ademas ¿cuál es tu afán con protegerme? si tú eres quien aparece y desaparece e intentas herir a las buenas personas-

Nico me miró ofendido y un poco enojado, creo que lo juzgué pronto, pero es que ni mi madre ni Zac me harían daño. Nico se cansó, no desapareció, no dijo nada, solo caminó hacia la puerta, la abrió y se fue (odia atravesar cosas). Yo subí a ver a mi mamá y la escuché hablando con un hombre, hmmm, ¿habrá llegado papá?. Cuando miré por la esquinita de la puerta la ví arrodillada frente al señor de la cicatríz y mirando a todos lados, pero parece que solo puede oirlo y ahora que lo pienso esa era la silueta que ví en la noche, la de mi madre, tal vez Nico si me está protegiendo, pero ¿qué tiene que ver Zac? creí que el problema del señor era con Nico. Pegué el oído a la puerta para escuchar.

-...¿ella no comprende? hay que acabar con esto ya y ella es la única que podrá hacerlo ahora- decía mi mamá, no podía creerlo, empujé sin querer la puerta y el señor desapareció. Corrí afuera. No podía creer que tal vez Zac era amigo del señor misterioso ese. Me senté en el pórtico y llegó papá de trabajar.

-Hola Joelin, ¿estás sudando? ¿por qué saliste así de la casa?-

-Papá ¿has notado algo raro en mamá últimamente?-

-Ademas de lo usual, no, oh bueno, anoche estaba incómoda y se paró varias veces, las primeras dos me dijo que iba a chequear si estabas bien, pero luego no decía nada y solo se iba-

-Ok, gracias- tomé mi bicicleta hasta la casa de Zac, debía averiguar qué pasaba aquí. De camino se me hizo de noche y ví a Nico sentado en unos arbustos, seguí de largo y mas adelante lo ví parado bajo un poste, no le hice caso y se sentó en el manubrio de mi bici, ahí tuve que frenar de golpe.

-Listo, lo que uno tiene que hacer para que te detengas- dijo Nico sacudiéndose un poco el polvo.

-Aqui hay gato encerrado-

-Saquémoslo, a ver, yo te dije que Zac no era de fiar y ahora le ha comido la cabeza a tu madre- hmmm pero Zac no ha hablado con ella.

-Pero él no ha hablado con mi madre-

-¿Qué crees que le pasa a Zac en la cara?- ahora que lo pienso es cierto que Zac tiene una cicatriz, y es igual a la del señor, aunque en lados opuestos, y la de Zac casi no se ve, pero luego de eso no se parecen en nada.

-Solo quieres engañarme para que no tenga amigos-

-Joelin, yo te quiero, y no quiero perderte-

Su carita tan tierna me compró enseguida, hasta que en la acera apareció el señor y ambos lo miramos, él se veía como desesperado.

-Mira su reflejo en el charco Joelin, ¡no lo veas a los ojos!- Intenté mirar al charco, pero Nico me detuvo.

-¿Por qué le harías caso a ese señor?

¡Vámonos, corre!- corrí con Nico y llegamos a mi casa, entré y mi papá estaba viendo la televisión.

-Joelin, ¿sabes por qué tu mamá se fue corriendo con maletas?-

-Porque intentó matarme y no pudo vivir con eso creo- mi padre puso la tele en mudo y volteó lentamente.

-¿Cómo que quiso matarte?- corrí a mi habitación sin decir nada y Nico me siguió, mi papá creyó que era una broma y volvió a ver la tele. En mi cuarto recordé cuando Nico llegó a mi casa y me puse a pensar, nunca había visto su reflejo.

-Nico, párate frente al espejo- Nico sin dejar de mirarme con esa mirada sarcástica que tiene se paró frente al espejo... nada pasó, solo su reflejo, entonces llegó a mí la voz del señor ese cuando dijo ¨Mira su reflejo en el charco, NO LO MIRES A LOS OJOS¨.

-¿Para qué? ¿qué tengo?-

-Nada, intento ver algo, pón el espejo en el suelo y cierra los ojos- Nico se incomodó, creía que me estaba poniendo de parte del señor.

-¿Cómo me dices que te muestre mi reflejo sin mirarme a los ojos? ya sabes lo que verás... ¡a mí!-

-Si estás tan seguro hazlo, y hazme sentir como una estúpida-

Nico lo hizo de mala gana y con un poco de miedo, todo en el espejo estaba normal hasta que cerró los ojos, la mitad de su cara se desfiguró, se le cayó el pelo, le creció el colmillo y le salió una cicatriz que aún sangraba. Pero el otro lado de su cara era el niño lindo y tierno que yo amaba...digo, quería...ehm, apreciaba, je je, bueno, él rápidamente abrió los ojos.

-No me gusta cerrar los ojos frente al espejo, me siento raro-

Yo empecé a caminar hacia la puerta sin darle nunca la espalda, me sentí engañada, pero por la mirada en su rostro me dí cuenta que el engañado era él.

-Hay maldad en tí Nico, el señor tiene razón-

-Ese señor no tiene razón ni nunca la tendrá, no es la primera vez que lo veo, él hizo que mi avión se estrellara y le dijo esas exactas palabras a mi madre en el aeropuerto ¨Hay maldad en él señora, su vuelo corre peligro¨ Mi madre no creía en eso de los augurios y subimos de todas formas, y él subió con nosotros, le dijo a mi madre que nunca me dejara solo, me dormí y lo próximo que supe era que el avión se estaba cayendo, asi que es su culpa-

-O sea que ese día no lo golpeaste para protegerme... sino para vengarte, y mi mamá... creíste que trabajaba con él, tal vez él tenga razón y tú eres el malo aquí-

Nico se enojó y se mareó un poco, luego su cara empezó a ponerse completa como la visión del espejo. Un encapuchado entró al cuarto de una patada.

-Joelin, aléjate del chico, yo me encargo- su

voz me parecía conocida, pero no sabía de donde, se bajó la capucha y pude ver quien era, todo era mas confuso que antes. ¿Qué tenía que ver Zac con todo esto? Entonces los ojos de Zac se encendieron en llamas, yo tenía mucho miedo, Zac empezó a hablar con la voz del señor.

-Milesley, solo quiero ayudarte, debes combatir la maldad, hazlo por Joelin, no le hagas mas daño, esa parte de tí es la que entra en sus sueños, la que la llama desde el parque, la que quiere acabar con ella, porque sabe que es la única que te hace desear ser bueno, esa parte de tí fue la que destruyó el avión y mató a tu madre... y lo hará contigo también-

Nico-monstruo se veía enojado, intenté acercarme y me rugió en la cara y me lanzó a la pared, al verme tirada volvió a ser mi Nico.

-¿Qué le hiciste, bestia?- dijo Nico furioso mirando a Zac.

-Nada Nicolás, eso lo hiciste tú- Nico se miró al espejo y cerró un ojo y pudo verlo, intentó luchar, pero volvió a convertirse en ese patán, miró a Zac y fue a por él, pero Zac se apartó, le tiró lo que parecía un ácido, porque le quemó una parte de la cabeza y ahí volvió a crecer su hermosa cabellera roja. Zac trataba de coger mas potes, pero Nico no lo dejaba, asi que por su bien decidí meterme.

-Nico, soy yo, Joelin ¿me recuerdas?- el monstruo se calmó y me miró bien fijo, Zac logró arrojarle otro frasquito, yo seguí hablándole hasta que solo que daba un frasco, el monstruo que ya era idéntico a mi Nico me tenía acorralada y con sus manos en mi cuello, Zac me arrojó el último frasco.

-¡Ese tiene que beberselo Joelin!- pero el monstruo agarró el frasco antes que yo y me lo echó en la cara, yo abrí la boca y gran parte cayó ahí, el Nico-monstruo con cara de Nico me miraba fijamente.

-Ay Joelin Joelin, casi lo logras, no sé que veía este muchacho en tí- dijo el monstruo, yo me enfurecí, debía acabar con él yo misma, así que lo besé, y le pasé todo lo que pude atrapar con mi boca. Nico se desmayó y Zac fue corriendo adonde mí y me abrazó.

-¿Estará bien?- pregunté llorosa.

-Está mejor gracias a tí, no se la bebió toda, pero creo que será suficiente, me encantaría llevarmelo conmigo, a menos que prefieras que se quede aquí-

-Por favor, quisiera que se quede, ahora con todo lo que ha pasado lo necesitaré mas que nunca... y a tí también Zac-

-No No, ni lo menciones... en serio... pero y ¿qué tal tus padres? puedo borrarles la memoria si quieres-

-No, déjale la memoria a mi papá, pero mi mamá ha pasado por tanto, ella si podría usar una borradita... nunca me explicaste qué querías con ella-

-Necesitaba mantenerte segura de Nico, pero no conté con lo ofendido que Nico estaría por involucrar a tu mamá-

-Bueno, al menos ahora Nico y yo podremos ser felices-

Zac hizo como habíamos hablado y con un

beso en la mejilla todo desapareció. Abrí los ojos y era de noche, la luna brillaba como nunca y ahí estaba él, sentado al borde de mi ventana. Sheamus estaba dormido cerca de mis pies.

-Joelin, ¿Por qué no duermes?- yo sonreí, él sabía lo que hacía, pero le seguí la corriente.
-Estoy felíz porque ya no tengo pesadillas ¿y tú?-
-Me estoy muriendo del sueño, pero quería verte dormir- dijo luego de un bostezo. ¿Cómo que tenía sueño?...si él es un fantasma.
-A mí se me quitó, ¿quieres salir a jugar? La luna está preciosa- le dije obviando su comentario.
-No, y ya que no tienes sueño me acostaré en tu cama-

Salí de mi cuarto y crucé al de mis padres, ahí estaban los dos, mamá no se había ido, bajé y la casa no era un caos, subí a mi cuarto emocionada y encontré en mi mesita una carta de Zac: "Querida Joelin, fue un enorme placer pasar estos días contigo, sabía que en el interior ese niño Milesley era un buen chico, por eso cuando estrelló el avión lo volví invisible, ya que así nadie podría hacerle enojar, hasta que alguien de corazón puro pudiera verlo y salvarlo. Gracias Joelin Faarru, como podrás haberlo notado, Nico es un muchacho de nuevo, no estará disponible cuando desees, pero sé que siempre estará ahí para tí. Con amor, tu amigo, Zac Trail."

Lightning Source UK Ltd.
Milton Keynes UK
UKHW020209080521
383350UK00003B/427